AF298004

LA MODULATION

DANS LA GRANDE ŒUVRE LATINE

DU PÉLERIN JEAN GERSON,

DIVISÉE EN TROIS LIVRES

QUI FORMENT LA CONSOLATION INTÉRIEURE,

ET, AVEC LE LIVRE EUCHARISTIQUE,

sont l'objet et la fin

DE L'IMITATION DE JÉSUS-CHRIST,

dont le Génie de Gerson

A ÉTÉ DÉCLARÉ DIGNE D'ÊTRE L'AUTEUR

PAR L'AIGLE

DE L'ÉLOQUENCE SACRÉE.

Le plus pieux Docteur, l'Auteur le plus moral,
Sous ce double rapport, à lui-même est semblable.
Un rhythme clair, concis, caractère admirable
De son Livre, le rend non moins original.

PARIS,

CHEZ L'AUTEUR (J.-B.-M.) GENCE,

RUE SAINTE-CROIX DE LA BRETONNERIE, N. 22.

1839.

HOMMAGE au vénérable et glorieux TREUTTEL,

Des bons livres chrétiens zélateur immortel,

Lorsque sous son auspice a reparu plus pure

L'Edition, acquise à sa Race future,

Du Livre humain moral le plus universel !

La France aussi lui doit, d'un Pasteur catholique

L'Œuvre où s'élève à Dieu l'Instruction pratique ;

Comme à son Gendre WÜRTZ est dû l'heureux concours

Des *Méditations*, dont les pieux Discours,

Par leur effusion vraiment évangélique,

De l'œuvre de GERSON respirant l'onction,

Semblent un grand pendant de l'*Imitation*.

Heureuse l'Ame en paix qui suit l'ordre harmonique,

Tel que l'offre, en GERSON, la Modulation

Dans les trois Livres nés sous le Ciel germanique !

J.-B.-M. GENCE, d'Amiens.

Paris.—Imprimerie de LB Thomassin et Comp., rue Saint-Sauveur, 30.

PRÉFACE.

J'ai chanté, il y a soixante ans, l'Être infini, dans une Ode en strophes graves et concises, mais morales par les sentiments, et, quoique abstraites dans les idées, éclaircies dans des notes étendues. Cette Ode, élaborée et augmentée graduellement, a partagé mes travaux sur le meilleur Livre de philosophie morale et religieuse, jusqu'en 1825. Les travaux d'études sur l'*Imitation*, terminés en grande partie par la discussion des variantes de cent Manuscrits de l'*Imitation*, sous le rapport de l'exactitude comme de l'authenticité du texte, m'ont fait publier, en 1820 et en 1826, les éditions dont le texte revu et fidèlement traduit a pu être stéréotypé. Mais de ces Manuscrits, comparés sous ce double rapport, il est résulté, par la pureté d'autant plus grande des leçons, qu'elles remontent à l'âge de Gerson, outre les trente Manuscrits sous son nom qui ont un mérite de correction d'un grand poids dans la balance; il est résulté, dis-je, que Gerson y a seul un véritable droit, et que le transcripteur Kempis, pour lequel son ordre avait réclamé, d'abord faiblement et ensuite fortement, contre un faux Gerson substitué au véritable, dont les Religieux ne parlaient point, se trouvait éliminé, de même que Kalkar, Hilton et Hubertin de Casal. (Voyez ces articles dans la *Biog. universelle*.) Ainsi ce dilemme a dû terminer et résoudre la question ; si ce n'est ni Kempis, ni Gersen, personnage plus que problématique, prétendu Piémontais et depuis supposé Allemand, le personnage historique, c'est Gerson, l'auteur de l'*Imitation*, de la *Vraie consolation intérieure*, titre ancien des trois livres latins. Nous avons, j'ose le dire, prouvé l'attribution à Gerson par des faits positifs.

C'est une autre ombre de rapport qui prend sa source dans l'imagination, que de croire avoir prouvé par un rapprochement, non seulement l'identité de l'auteur, mais la primitivité de l'œuvre sur le latin, dont les titres nombreux manuscrits ont déjà décidé le fait remis en question, et que nos dernières Considérations en prose, comme les premières et les secondes ou nouvelles, ont largement démontré. Maintenant qu'il n'y a plus lieu pour les gens de bonne foi à mettre en doute des faits positifs, nous croyons pouvoir ajouter quelques Stances à nos dernières, pour relever notre pieux Moraliste, Stances que provoque la modulation de sa grande œuvre, qui est une nouvelle preuve d'originalité, et n'a pu être reproduite dans la version wallone et barléenne ; ce que n'offrent point ses autres œuvres morales en français, ou lettres écrites à ses sœurs. On n'y trouve, entre autres, ni le mot *toudis*, expression wallonne, ni *relinquessant* de *relinquescere*, latin de Hollande tel que le latin de Barlæus ; le mot *internelle* même, qui n'est point du Midi, paraît être une expression postérieure et wallonne.

LA MODULATION

DANS LA GRANDE OEUVRE LATINE

DU PÉLERIN JEAN GERSON.

1.

Se vouer aux humains, en les aimant renaître,
C'est l'exemple, la vie et la leçon du Maître.
Gerson, quand tu réduis en maximes ses lois,
Ta voix instruit et sert les peuples et les rois.

2.

La Morale énergique imprime la sentence
Jusqu'au fond de l'esprit par sa concision ;
Et le rhythmique élan, amenant la cadence,
Module en sentiments la haute instruction.

3.

En vers parfois pompeux, Corneille magnifie
L'harmonieux auteur de l'Imitation.
Heureux s'il n'eût, trop plein de modulation (1),
Chargé le sens moral, que sa verve amplifie !

(1) Il semble s'être appliqué ce passage de l'Imitation. (*Imit.* III, 50).
Si gaudium sanctum infundis, erit anima servi tui plena modulatione.

4.

Les vers, chez Desmarets, quatre à quatre enfermés,
Sont, comme dans Pibrac, sèchement exprimés (1).
Dupuy-Montbrun, ta Muse, en resserrant ses rimes,
Extrait, souvent traduit, l'esprit de ses maximes (2).

5.

Combien, par cet esprit qui respire en Gerson,
Dut te frapper, Eldir (3), sa plus haute leçon :
L'homme est le plus en paix, le plus grand sur la terre,
Qui sut le mieux souffrir dans ce val de misère (4) !

6.

Quels fruits donc a mûris la Méditation,
Quand de la Providence une Raison amie
Par un rhythmique accent, cher à la Germanie
Comme à l'Inde, a jailli dans l'Imitation !

(1) *Imitation*, trad. en quatrains par J. Desmarets, 1654. In-12.

(2) *Imitation*, trad. en vers par P. Dupuy-Montbrun. In-12, 1837, et gr. in-8°, avec fig. et encadrement, 1838.

(3) Madame Alina d'Eldir, auteur des [Méditations d'une dame indienne, et fondatrice d'un cercle de morale universelle sous le nom de la Noble Porte de l'Elysée.

(4) Imit. II, 3. *Qui melius scit pati, majorem tenebit pacem,* etc.

7.

Que, par des traits brillants, la Muse bourguignone
Gagne de beaux-esprits à la Religion (1),
Le Méditatif suisse, ainsi que Gerson, donne
A tous des conseils pleins d'une douce onction (2).

8.

C'est pour son grand Ecrit que l'humble Solitaire,
D'être ignoré de tous fait l'expresse prière.
Il meurt ; et d'un Neveu reluisent sous la main
L'œuvre, le nom, les traits du plus moral humain (3)

9.

Qu'une plume étrangère eût composé l'Ouvrage,
Gerson se tairait-il, lui qui, dans maint passage,
Le cite en ses écrits ? Si son frère se tait,
C'est que de le nommer l'Auteur lui défendait.

(1) *Méditations poétiques*, par **M. de Lamartine**, in-8°, 1820-1831.

(2) *Méditations religieuses*, traduites de l'allemand ; Treuttel et Würtz, 16 v. in-8°.

(3) Voyez la description du manuscrit monumental en notre possession. dans l'édition latine publiée chez les mêmes éditeurs, 1826, in-8°.

10.

Quoique pour le Flamand les endroits similaires
Ne prouvent rien, transcrits mot à mot tout exprès ;
Quand l'œuvre n'a paru soit avant, soit après,
Quelles preuves sont moins à l'Auteur étrangères (1) ?

11.

Où puisa-t-il qu'en lui l'original Auteur !
Il n'a , m'écrit un jeune et studieux docteur (2),
Nul tour habituel que n'offrent ses ouvrages,
Qui n'aient beaucoup aussi de ses traits vifs et sages.

12.

Autre et partout le même, harmonieux et clair,
Tel Bossuet grandit l'*Histoire universelle*.
Combien il s'est connu, lorsqu'un semblable zèle
Fait de Gerson l'auteur du beau Livre sans pair (3)

(1) Les deux hypothèses *avant* ou *après* Gerson sont de pures suppositions. Une troisième hypothèse, que l'œuvre a paru *pendant* l'âge de Gerson, est la seule concluante.

(2) Charles Jourdain, docteur ès-lettres de l'Université de Paris. C'est ce que reconnaissent aussi, entre autres, MM. Gilbert, un des savants scrutateurs et amis de la vérité ; le studieux Husson, docteur en droit ; Lefebvre-Cauchy, homme de lettres ; Barbier fils aîné, et le neveu, bibliographes ; N. Leroy , antiquaire ; Feltz-Ferrière , vrai philanthrope ; les frères Daubigny, amis des arts et des lettres ; L. Constant, mon zélé collaborateur, etc.

(3) On connaît le mot de Bossuet, qui fait autorité, sur Gerson, qu'il déclare digne, par sa doctrine et sa piété, d'être regardé comme l'Auteur de l'*Imitation*.

13.

Si l'œuvre est du saint Livre une image fidèle,
En admirant l'Auteur, bien heureux qui le suit !
Ce mot de Léibnitz vaut bien de Fontenelle
Le mot ingénieux, si souvent reproduit.

14.

Gerson, fuyant au loin la Discorde et l'Envie,
Pour nous frayer la voie à la Paix, à la Vie,
Au début invoquant un Dieu la Vérité,
Veut ne faire avec lui qu'un dans la Charité (1).

15.

De quel plus haut foyer sort l'Esprit qui l'anime !
Pour l'homme en Dieu tout est maxime et sentiment.
Il tonne, il s'adoucit ; en prosant même, il rime,
Et prie en modulant jusqu'à son Testament.

16.

L'homme, dont la Cité, dit-il, est passagère,
Au milieu de la vie est déjà dans la mort (2).
De la gamme des ans le nombre septenaire
Sur ma tête a sept fois renouvelé mon sort (3).

(1) Imit. I, 3 : *O Veritas Deus, fac me unum tecum in perpetuâ cha-
ritate.*

(2) *Qui non habemus hîc civitatem permanentem.* Hebr. XIII, 14. —
Mediâ vitâ in morte sumus. Testamentum Peregrini.

(3) *Septem tempora mutantur super me.* Imit. III, 40. Ce nombre
désignerait le huitième septenaire, de 49 à 56 ans, d'après lequel
Gerson aurait eu 55 ans en 1419, à l'époque de son refuge dans le
monastère allemand.

17.

Le Cloître au Pélerin redonne en Dieu la vie.
Son Livre est dans l'Église une œuvre d'harmonie (1).
Pour lui le Chant sacré, des airs mondains vainqueur,
Par un rhythme onctueux devient le chant du Cœur (2).

18.

Quand sa tête pensante est d'arguments nourrie,
Propre à chaque sujet, son ton est inégal.
Mais s'il s'adresse à l'ame, et s'il exhorte ou prie,
Le cœur parle, et, plus doux, son style est plus égal.

19.

Quelle Colombe fait sa douce quiétude!
Libre, sans vains désirs et sans sollicitude (3),
En l'esprit de Julie (4), en son amie Eldir,
En mon Hélène, elle aime à pauser, à gémir (5).

20.

Interprètes de l'œuvre, où surtout l'harmonie,
Jointe à l'instruction, forme une symphonie,
Imitez Marillac, si fidèle et touchant (6),
Quoiqu'en vers, de David paraphrasant le chant.

(1) Manuscrit de l'*Imitation*, intitulé : *De Musicâ Ecclesiasticâ.*

(2) *Opusculum* de Cantu cordis, *apud tractatum* de Laude Musicæ in canticis.

(3) Imit. III, 31 : *Quid simplici (Columbâ) quietius, quid liberius nil desiderante in terris?*

(4) Madame la marquise de Fortia, Julie de Sainte-Colombe.

(5) *Quis mihi det pennas ad volandum et pausandum.* Imit. III, 21.

(6) Traduction de l'*Imitation* par Marillac, 1621, revue en 1630, in-12, et *Psaumes de David*, 1624, in-8°.

21.

Laharpe m'avait dit : Tenez-vous, simple et sage,
Le plus près de l'Auteur, à cheval sur l'ouvrage.
Simonnot (1) pourrait-il de l'élégant Sacy
Reproduire le ton, par Lahogue adouci.

22.

Chez Dassance, qui marche à la clarté des Pères,
Leurs Réflexions sont d'assez beaux commentaires
Sans les vifs ornements qu'imite un vain Rival,
Taisant mainte Oraison due à l'Auteur moral (2).

23.

Dans Lamennais, Genoude, on sent parfois l'emphase.
Beauzée avait paru moins pur que Lambinet :
Labouderie au moins en rend le sens plus net (3).
Mais Rochette et Dassance ont fui la paraphrase.

24.

Qu'une Muse débute avec simplicité !
A le suivre d'abord le Seigneur nous convie (4).
Mais au Disciple entré dans la voie et la vie
Il dira : *Suivez-moi... suivez la* Vérité (5).

(1) Auteur d'une traduction nouvelle et paraphrasée de l'*Imitation*, grand in-8°, avec fig. Dijon, 1838.

(2) Dans la sixième édition de Genoude manquent les cinq admirables Prières répandues dans le troisième livre de l'*Imitation*.

(3) La traduction de Beauzée, ainsi revue, a été même employée sous le nom de Gersen, dans le *Panthéon littéraire*.

(4) *Imit.* I, 1 : *Qui sequitur me, non ambulat in tenebris.*

(5) *Imit.* III, 56 : *Sequere me... sum via, veritas et vita.*

25.

C'est en l'ordre moral la marche graduelle,
Qui reproduit le mieux sa source originelle;
L'*Imitation* ouvre aux vertus un chemin
Dont la Vie est l'objet, la Vérité la fin.

26.

Le plus consolant Livre, où la Bonté divine
Épanche en l'ame humaine un doux enseignement;
Quel grave accord final de l'œuvre pélerine
Éclatant sous le Ciel dans l'asyle allemand !

27.

Le Principe de l'ordre est la clef du Mystère.
L'homme naît-il au jour, la lumière l'éclaire.
Qui me suit, dit le Christ, marche dans la clarté,
Ce début prouve seul l'antériorité.

28.

Quand le Codex de Mœlck donne l'ère naissante (1),
Pourrait-on supposer qu'une main complaisante
Eût si fort adouci la *Consolation* (2),
Sans aplanir le *Mont de contemplation* ?

(1) La date de publication, en 1421, du Livre dit le 1er, sous le titre même *De Reformatione hominis*, la base de la Consolation morale à la suite de la Consolation théologique.

(2) L'œuvre sous le titre ancien *De Consolatione internâ*, celui même du *Codex* latin de Clermont, et dont la postériorité prouve celle du vieux français, relativement au *Mont de Contemplation*, daté en latin de 1413, et analogue au français fait par Gerson pour sa sœur.

29.

La Paix nous rend Gerson : il s'élève et s'abaisse ;
Il parfait sa grande œuvre : humblement il professe.
L'eucharistique Cène est la Foi que défend
D'un sentiment profond le plus touchant accent.

30.

La Méthode Espagnole, Allemande, Italique,
Épurer et toucher, illuminer, unir,
Dut au Docteur français d'abord appartenir.
En Morale c'était la Réforme mystique (1).

31.

Gerson, louant Marie, exalte la Prière,
Comme Bonaventure en formait son encens (2).
L'union au Seigneur est au dessus des sens ;
Le mystère d'Amour est le plus grand mystère.

32.

Tel l'Amour a fait naître un Cercle Élyséen (3),
Où semble rayonner son centre Asiatique ;
Sa Noble Porte s'ouvre au Monde Européen.
La Morale du Christ est la Morale antique.

(1) Loin d'être le représentant du mysticisme, Gerson en fut le réformateur. Il avait combattu Ruysbrock dès 1399.

(2) Des Louanges de la Vierge par saint Bonaventure, nommé le docteur Séraphique, ont été mises en vers français par Corneille.

(3) *Voyez* ci-dessus la Stance 5ᵉ.

33.

Ainsi, seconde Eldir par sa fondation,
L'ordre moral qui lie à l'Europe l'Asie,
Toute à tous, elle acquiert, comme une autre Marie,
Une Mère aux souffrants par la Compassion.

34.

Ancien vœu de Gerson, qu'allaités par leur mère
Les enfants, grâce au soin bienveillant, salutaire,
Digne du docte Nauche (1), en leur sang épurés,
Par Tardieu (2), soient au Christ doucement attirés!

35.

Enfin, que l'Ami cher à la plus tendre enfance,
Comme, par sa grande œuvre, aux humains, à la France,
Consacrant d'Hennequin les morales leçons,
Instruise à la vertu ses jeunes nourrissons!

(1) Médecin praticien, le plus ancien vaccinateur en France.

(2) M. Tardieu l'aîné à Nancy, auteur de la traduction du Traité de Gerson *De Parvulis ad Christum ducendis*, publiée à Douai, par M. Amand Hennequin, ancien proviseur du collège de Nancy.

36.

Quels titres et quels noms lui rendent leur hommage !
Combien le même esprit brille dans ses ouvrages !
Et que de voix, partout jusqu'au sol indien,
Font retentir le nom du Docteur très-chrétien !

37.

Veut-on voir sous les Cieux naître un Auteur Ger-
  main,
Et pour ce nouvel astre emboucher sept-trompettes (1)
Ou d'un Héros moral rabaissant les conquêtes,
Faire un pur traducteur du grand Auteur latin (2)?

38.

Vrais Aigles, embrassant une plus haute sphère,
Salvandy (3), Villemain, Daunou, Choiseul (4), Guil-
  lon (5),
D'Urban (6), Guizot, Cousin (7), Letronne, Quatre-
  mère,
Opposez l'Astre ancien au Germain, au Wallon.

(1) Allusion à une édition en sept langues publiée en Bavière sous
le nom d'un Gersen, prétendu Allemand du 13e siècle.

(2) Pure assertion hasardée de l'antériorité supposée de l'*Internelle
Consolation* wallone sur l'*Imitation* latine, primitivement intitulée : *De
Consolatione internâ*, dans lé Midi. Voyez nos *Dernières Considérations.*

(3) Ministre de l'instruction publique.

(4) Le comte Maxime de Choiseul.

(5) Professeur d'éloquence sacrée à la Sorbonne, outre Aimé Guil-
lon, conservateur à la Bibliothèque Mazarine.

(6) Le marquis Fortia d'Urban.

(7) Victor Cousin.

39.

Mais, c'est toi que l'Histoire, éloquent Villenave ,
Appelle en ses Congrès (1) à défendre Gerson
Contre les Préjugés d'une fausse Raison
Dont la Vanité rend l'Ambition esclave.

40.

Heureux qui , retraçant Gerson et Gossellin ,
Demandés par Schnitzler pour l'Encyclopédie ,
Dans leur grande figure offre un mâle génie, .
Comme un grave Docteur au front calme et serein !

41.

Heureux qui, dans Gerson, en sa vivante Image (2),
Comme Hennequin , Tardieu , voit le type du sage ,
Dont l'accent noble et vif, des sens grossiers vain-
     queur,
A tout âge et partout règle et touche le cœur !

(1) Dans le dernier congrès du 17 octobre de l'Institut historique,
comme dans la dernière séance de la Société de la Morale chrétienne ,
en 1838.

(2) On peut voir le portrait peint qui est en ma possession, et dont
le portrait gravé à la suite d'une miniature (Voyez Stance 8) est une
copie.

www.ingramcontent.com/pod-product-compliance
Ingram Content Group UK Ltd.
Pitfield, Milton Keynes, MK11 3LW, UK
UKHW022258070726
13613UKWH00005B/2365